P9-BYN-303